CUDACZEK-WYŚMIEWACZEK

Julia Duszyńska

CUDACZEK-WYŚMIEWACZEK

Ilustrował: Jarosław Żukowski

Siedmioróg

LEKTURA DLA KLASY I SZKOŁY PODSTAWOWEJ

ISBN 978-83-7254-244-1

Wydawnictwo Siedmioróg
ul. Krakowska 90, 50-427 Wrocław
Księgarnia wysyłkowa Wydawnictwa Siedmioróg
www.siedmiorog.pl
Wrocław 2007

CUDACZEK-WYŚMIEWACZEK I panna OBRAŻALSKA

Było sobie miasteczko nad rzeczką. A w tym miasteczku stał sobie domek ani mały, ani duży – taki w sam raz. I w tym domku mieszkała panna Obrażalska.

Panna Obrażalska miała osiem lat, zadarty nosek i jasne warkoczyki. Nazywano ją panną Obrażalską, bo się wciąż obrażała.

Obrażała się dziesięć razy na dzień. Wtedy mówiła: „nie bawię się" albo: „nie potrzebuję". Potem nadymała buzię, zadzierała jeszcze wyżej ten zadarty nosek i siadała w kącie nastroszona jak sowa.

Długo siedziała w kącie, tak długo, póki cała obraza nie wyparowała z niej jak woda z kociołka. Wtedy panna Obrażalska wracała do zabawy z dziećmi.

I co dalej?

Ano, za chwilę mówiła znów: „nie bawię się" albo: „nie potrzebuję" i znowu odchodziła do kąta. Drugiej takiej Obrażalskiej nie było w całej szkole, nie było nawet w całym miasteczku nad rzeczką.

A wszystkiemu kto był winien? – Cudaczek-Wyśmiewaczek.

Cudaczek-Wyśmiewaczek, licho malusie i cieniutkie jak igła, mieszkał w tym domku, co to nie był ani duży, ani mały, tylko w sam raz. A ten Cudaczek nie jadł i nie pił, tylko śmiechem żył. Śmiał się i śmiał do rozpuku, a brzuszek pęczniał mu i pęczniał, aż napęczniał jak ziarnko grochu. Wtedy Cudaczek był syty i zadowolony.

Otóż ten Cudaczek-Wyśmiewaczek chował się w jasne warkoczyki panny Obrażalskiej i ciągle szeptał jej do ucha:

– Obraź się! Obraź się!

Bo ta nadęta buzia panny Obrażalskiej była taka śmieszna. I ten nosek, co się do góry zadzierał, był taki śmieszny. I to: „nie bawię się" było takie śmieszne.

Cudaczek patrzył na to i śmiał się w jasnych warkoczykach do rozpuku.

A brzuszek mu pęczniał i pęczniał, aż napęczniał jak to ziarnko grochu.

Najweselej Cudaczkowi było w szkole, bo chodził z Obrażalską do szkoły, a jakże! – schowany w jasnych warkoczykach.

Myślicie, że chodził się uczyć? Gdzie tam! Chodził, bo w szkole ciągle się Obrażalska obrażała, a Cudaczek śmiał się i śmiał do rozpuku.

Siedzą dzieci w ławkach i piszą, Obrażalska też. A tu trrach! – złamała się jej stalówka.

Panna Obrażalska odwraca się do sąsiadki Małgosi i mówi:

– Małgosiu, pożycz mi stalówki.

Małgosia jest uczynna. Wyjmuje zapasową stalówkę z piórnika i daje Obrażalskiej.

– Masz, ale nie krzyw tak pióra, bo i tę złamiesz. A już nie mam więcej stalówek.

Panna Obrażalska już wyciągnęła rękę po stalówkę, a tu Cudaczek-Wyśmiewaczek szepce jej do ucha:

– Co, ona ma cię uczyć? Obraź się!

I panna Obrażalska nadyma buzię, zadziera nosek i mówi:

– Nie potrzebuję twojej stalówki.

Oj, jaka śmieszna jest ta nadęta buzia! Jaki śmieszny ten zadarty nosek! Cudaczek-Wyśmiewaczek śmieje się w głos, śmieje się do rozpuku, a brzuszek mu pęcznieje, pęcznieje...

Potem jest przerwa. Dzieci idą na boisko i bawią się piłką. Obrażalska nie złapała piłki raz i drugi. Woła do Wicka:

– Naumyślnie źle mi rzucasz! Nie bawię się!

I już buzia nadęta. Już zadarty nosek jedzie jeszcze wyżej do góry. Ach, jak śmiesznie! Jakże się zaśmiewa Cudaczek-Wyśmiewaczek! A brzuszek mu pęcznieje... pęcznieje... pęcznieje...

Potem Obrażalska obraziła się na Felę, bo Fela powiedziała, że jej zeszyt ładniejszy. A potem na Władka, bo Władek przyczepił jej rzep do sukienki. A wreszcie obraziła się na samą panią nauczycielkę. Pani nauczycielka zapytała, ile to pięć razy sześć. A Obrażalska na to:

– Dwadzieścia sześć.

– Źle – mówi pani nauczycielka. – Pomyśl chwilę.

Obrażalska myśli, myśli i mówi:

– Pięć razy sześć... pięć razy sześć... to będzie... aha... to będzie dwadzieścia pięć.

– Moje dziecko, trzeba się lepiej uczyć tabliczki mnożenia. Siadaj!

Obrażalska siada, buzię nadyma, nosek zadziera. Oj, jak śmiesznie! Oj, jak się zaśmiewa z niej Cudaczek-Wyśmiewaczek! A brzuszek mu pęcznieje...

– Co to za śmieszna dziewczynka! Co za śmieszny głuptas! O, jak mi wesoło!

I Cudaczek-Wyśmiewaczek zasypia w jasnych warkoczykach. Dobrze mu jest. Brzuszek ma pękaty jak ziarnko grochu.

OBRAŻALSKA pogniewała się na MAMĘ i TATĘ

Przyszedł raz taki dzień, że Obrażalska pogniewała się na mamę i na tatę, i na wszystkich w domu. Naturalnie przez to licho niepoczciwe, przez tego Cudaczka-Wyśmiewaczka.

A zaczęło się tak.

Przyszła Obrażalska ze szkoły, teczkę rzuciła na krzesło i myk! do kuchni. Bardzo lubiła zaglądać do kuchni. Lubiła pomóc czasem babci.

Babcia robiła właśnie kluski na stolnicy. Wałkowała ciasto.

– Babuniu, moja złota, ja trochę powałkuję!

Spojrzała babcia na dziewczynkę i mówi:

– Wałkować to wałkować, ale nie takimi brudnymi rękami. Najpierw idź ręce umyć!

Skoczył na to Cudaczek-Wyśmiewaczek do ucha Obrażalskiej i już namawia:

– Co babcia sobie myśli! Obraź się! Ty sama wiesz, kiedy ręce myć!

9

I panna Obrażalska nadęła buzię, powiedziała: „nie potrzebuję" i wymaszerowała z kuchni nastroszona jak sowa. Usiadła w jakimś kącie i siedziała do samego obiadu.

A Cudaczek, licho niepoczciwe, śmiał się z niej i śmiał, póki mu brzuszek nie napęczniał jak ziarnko grochu.

Przy obiedzie był dalszy ciąg dąsów. Rodzice i babcia wybierali się do cioci.

– Będą sami starsi – tłumaczyła mamusia. – I późno wrócimy. Pójdziesz do cioci innym razem.

Ale panna Obrażalska nie chce innym razem. Chce dziś. Dlatego robi obrażoną minę i nawet ma zamiar nie jeść obiadu. Ale na stół wjeżdża grochówka. Obrażona mina znika od razu z buzi i panna Obrażalska zaczyna jeść z wielkim apetytem.

Coś przy szóstej łyżce tatuś spogląda w jej stronę i mówi:

– Nie chlup tak przy jedzeniu, to brzydko.

Panna Obrażalska czerwieni się, odkłada łyżkę, nadyma buzię. Robi zupełnie tak, jak jej szepce do ucha Cudaczek-Wyśmiewaczek.

Po chwili mama pyta spokojnie:

– Dlaczego nie jesz?

– Nie potrzebuję.

– To możesz podziękować i wstać.

Panna Obrażalska wstała od stołu i wyszła. Jej mały, zadarty nosek pojechał tak wysoko w górę, jakby chciał policzyć muchy na suficie. Oj, jak śmiesznie! Oj, jak się zaśmiewa w jasnych warkoczykach licho niepoczciwe, Cudaczek-Wyśmiewaczek!

Tymczasem panna Obrażalska siadła w kącie w drugim pokoju, nastroszona jak sowa.

– Wszyscy mi dokuczają: i mama, i tato, i babcia. Pójdę sobie w świat.

Rozłożyła na łóżku grubą chustkę. Do chustki włożyła trochę bielizny, drugą sukienkę, jasiek, skarbonkę i ukochanego misia. Zawiązała chustkę za rogi, jak to robią kobiety na targu. Zarzuciła tłumoczek na plecy i po cichu wyszła na ganek, a z ganku do ogródka, a z ogródka przez furtkę na ulicę. I zaraz skręciła w małą, boczną uliczkę między płoty, żeby kogo nie spotkać. Bo nuż ją odprowadzą do domu?

A tu masz, właśnie ktoś idzie! Jakiś nieznajomy staruszek w wielkiej pelerynie i ciemnych okularach na nosie.

– A dokądże to, moja panno? – pyta.

– W świat – odpowiedziała Obrażalska i jeszcze bardziej nadęła buzię.

– Hm – mruknął staruszek. – W świat? A po co bierzesz ze sobą to licho niepoczciwe, co to nie je, nie pije, tylko wyśmiewaniem żyje?

Obrażalska bardzo się zdziwiła.

– Jakie licho? Ja... ja...

– Cudaczek-Wyśmiewaczek się nazywa. Siedzi w twoich warkoczykach i śmieje się z ciebie do rozpuku.

Rzuciła Obrażalska tłumoczek, złapała rękoma za warkoczyki, rozplata je, trzęsie głową.

– Na nic to, moja panno – mówi staruszek. – To licho małe jak igła.

Do jednego włosa się przytuli i już go nie widać.

– A pan dlaczego widzi? – płacze Obrażalska.

– Ja? Ano, ja już mam takie okulary, że różności widzę. Ale nie płacz. Bo ja ci dam radę, jak tego Cudaczka się pozbyć. Jeśli przez trzy dni ani razu nie zrobisz takiej urażonej miny, to Cudaczek albo z głodu zginie, albo od ciebie ucieknie, gdzie pieprz rośnie. Bo to licho przecież nie je, nie pije, tylko wyśmiewaniem żyje. Nie pozwól mu się wyśmiewać z siebie, a sam pójdzie. Tak, moja panno.

Kiwnął jej głową, uśmiechnął się i poszedł.

A panna Obrażalska postała, podumała i też poszła. Ale nie w świat, tylko z powrotem do domu.

CUDACZEK-WYŚMIEWACZEK GŁODNY

Jakoś nikt nie zauważył panny Obrażalskiej, kiedy wracała do domu. Całe szczęście, bo na pewno byłoby nowe obrażanie. A panna Obrażalska nie chce mieć we włosach żadnego Cudaczka. Nie chce za nic.

Zawiązała sobie na ręku niebieską tasiemkę dla pamięci. Co na nią spojrzy, to sobie przypomni radę dziwnego staruszka:

„Jeśli się przez trzy dni nie obrazisz, Cudaczek z głodu zginie albo ucieknie".

Trzy dni to bardzo dużo. Panna Obrażalska nie wie, jak wytrzyma trzy dni bez obrażania się. Trzy dni bez nadętej buzi, bez zadzierania noska. Trzy dni bez: „nie bawię się" albo: „nie potrzebuję". Ale jeśli innej rady nie ma...

Cudaczek-Wyśmiewaczek z początku tylko ramionami wzruszał. Gdzieżby tam panna Obrażalska wytrzymała trzy dni bez obrażania się? I, spokojny o swój brzuszek, powędrował z Obrażalską do szkoły.

Zaraz na pierwszej pauzie Wicek podstawił dziewczynce nogę, naumyślnie, żeby upadła i żeby się obraziła. Ale Obrażalska upadając stuknęła zadartym nosem w niebieską tasiemkę. I od razu przypomniała sobie radę staruszka.

Wstała, pokazała figę Wickowi i poszła się dalej bawić.

– Obraź się! Obraź się! On naumyślnie! – wrzeszczał jej nad uchem Cudaczek.

Ale wrzeszczał na próżno. Obrażalska śmiała się i goniła z dziećmi.

Cudaczek zaniepokoił się. W brzuszku mu zaburczało. Głodny był.

– To nic – pocieszał się. – Trzech dni ona na pewno nie wytrzyma. Co tam trzy! Jednego dnia nie wytrzyma. Do wieczora obrazi się jeszcze dziesięć razy albo i więcej.

– Obrażalska! – zawołał w tej chwili Władek. – Co ty się dziś nie obrażasz? Co to za święto?

I nadął się zupełnie jak Obrażalska, i nos zadarł do góry zupełnie jak Obrażalska, i zupełnie tak samo powiedział: „nie bawię się".

Dzieci w śmiech. Obrażalska już chciała się obrazić, ale spojrzała niechcący na tasiemkę. Spojrzała i czym prędzej się roześmiała, trochę krzywo, ale roześmiała się.

– Żebyś wiedział, że święto! – zawołała. – A jakie, to już moja tajemnica.

– Jaka tajemnica? Powiedz. Tylko mnie powiedz. Na ucho. Ale Obrażalska nie chciała powiedzieć.

Przez wszystkie lekcje nie obraziła się ani razu. A wieczorem mama rzekła do tatusia:

– Naszą córkę jakby kto odmienił. Nie pokłóciła się ani razu z dziećmi na podwórzu.

– Dałby Bóg, żeby z tej głupoty nareszcie wyrosła! – westchnął tatuś.

Tego dnia Cudaczek-Wyśmiewaczek był bardzo głodny. Burczało mu w pustym brzuszku jak nigdy.

Na drugi dzień burczało mu jeszcze głośniej. W gardle mu zaschło od ciągłego szeptania:

– Obraź się! Obraź się!

A tu nic. Obrażalska na tasiemkę patrzy, zęby zaciska i mruczy:

– Muszę wytrzymać. Będziesz, Cudaku, uciekał, gdzie pieprz rośnie.

A na trzeci dzień...

Nie! Cudaczek nie chciał czekać wieczora. W brzuszku burczało okropnie. W główce kręciło się z osłabienia. Więc zjechał po warkoczyku na plecy Obrażalskiej, potem po fałdach sukienki w dół i na łeb, na szyję spadł na podłogę.

Pozbierał się i w nogi! W nogi z tego domku, co to nie był ani duży, ani mały, tylko w sam raz.

Uciekał, tylko się za nim kurzyło!

Od tej pory panna Obrażalska nie mówi już: „nie bawię się" albo: „nie potrzebuję". Od tej pory nie zadziera tak śmiesznie noska ani nie nadyma tak śmiesznie buzi.

Jednym słowem, nie obraża się. Przestała być panną Obrażalską. W szkole wszyscy ją lubią i nikt jej nie dokucza.

A co się stało z niepoczciwym lichem, małym jak igła? Co się stało z Cudaczkiem-Wyśmiewaczkiem?

Cudaczek nie zginął z głodu. Znalazł sobie inne mieszkanie. Ale to już zupełnie nowa historia.

CUDACZEK-WYŚMIEWACZEK wprowadza się do ZŁOŚNICKIEGO

Cudaczek-Wyśmiewaczek, licho niepoczciwe, uciekał od panny Obrażalskiej, jakby go kto gonił. Uciekał jedną ulicą wąską, potem drugą ulicą szeroką. A potem już mu sił zabrakło, więc siadł sobie pod latarnią i odpoczywał. W brzuszku burczało mu okropnie.

Siedział tak Cudaczek długo, ze trzy godziny. Ludzie szli, wozy jechały, ale wyśmiewać się nie było z kogo. To dopiero nieszczęście!

I wtedy nadszedł chłopczyk. Miał w ręku bat i wywijał nim na wszystkie strony. Próbował nawet trzaskać z bata, ale jakoś mu nie szło. Wreszcie trzasnął tak niezgrabnie, że końcem bata zaciął się w łydkę.

Od razu poczerwieniał jak burak, wykrzywił buzię, złapał bat za oba końce i trrach! trrach! złamał na kolanie. A potem obie połówki połamał na drobne kawałki i rozrzucił nogami po ulicy.

Nikt tego nie widział, bo nikt nie szedł tamtędy, ale pod latarnią siedział przecież Cudaczek, co nie je, nie pije, tylko wyśmiewaniem żyje – Co za śmieszny chłopak! – roześmiał się Cudaczek. – Sam się uderzył, a na bat się złości!

Potem spojrzał na rozzłoszczoną, wykrzywioną twarz chłopca i wybuchnął śmiechem.

– Jak on wygląda! Jak on się wykrzywia! Nie wytrzymam!

I śmiał się Cudaczek do rozpuku, śmiał się w głos, aż pusty brzuszek zaczął pęcznieć... pęcznieć...

– Sprowadzam się do tego Złośnickiego – postanowił nagle Cudaczek.

I skoczył na nogę chłopca, a z nogi na plecy. Schował się pod kołnierzyk, bo chłopiec nie miał warkoczyków jak Obrażalska. Ale i pod kołnierzykiem było doskonale.

Pan Złośnicki kopnął ostatni kawałek bata i pobiegł do domu. Poniósł ze sobą licho małe jak igła, co to nie je, nie pije, tylko wyśmiewaniem żyje.

Licho wyglądało sobie szparką spod kołnierza, żeby wiedzieć, gdzie też teraz zamieszka.

Pan Złośnicki mieszkał przy rynku. Jego tatko miał tam warsztat w narożnym domu. W tym samym domu mieszkał z żoną i z dużym synem Tadkiem, i z małym synem – to był właśnie Złośnicki – i z małą córeczką Danusią.

Złośnicki wpadł do mieszkania jak bomba. W pokoju na stole zobaczył stos błyszczących kasztanów, a przy nich swoją siostrzyczkę Danusię. I od razu wrzasnął z wielką złością:

– Kto ci pozwolił ruszać moje kasztany?!

Danusia zasłoniła kasztany.

– To moje! – wołała. – Ja sama nazbierałam! Twoje są na oknie w pudełku.

– Uhu – mruknął Złośnicki i podszedł do okna, żeby sprawdzić, czy rzeczywiście są tam jego kasztany. Ale były. Nikt ich nie ruszył.

Tymczasem Danusia mówiła:

– Popatrz, jak się ładnie bawię. Jaką świnkę zrobiłam.

Świnka miała tułów z kasztana, a nóżki z kawałków zapałek. Podobała się chłopcu.

– Ja też zrobię świnkę! – zawołał. – A potem psa i krowę. Będziemy się bawili w gospodarstwo.

Cudaczek westchnął żałośnie. Myślał, że będzie kłótnia i przedstawienie, a tu zaczyna się zgodna zabawa. Chłopiec przyniósł swoje pudełko z kasztanami, trochę wypalonych zapałek i usiadł przy Danusi. Potem kawałek zapałki wsunął w jedną dziurkę. Dobrze. Jedna noga już jest.

– Aha! – zawołał wesoło.

A Cudaczek-Wyśmiewaczek ziewnął i wsunął się głębiej pod kołnierz, aby się przespać.

Chłopiec tymczasem wkładał zapałkę w drugą dziurkę. Wypadła. Wepchnął mocniej i złamała się. Chłopiec syknął niecierpliwie i podskoczył na krześle.

A Cudaczek otworzył jedno oko i wyjrzał przez szparkę, bo może przecież coś będzie!

Chłopiec wziął nową zapałkę i zrobił drugą nóżkę. Potem trzecią. Ale wtedy pierwsza myk! – wypadła z tułowia kasztanowej świnki.

– Głupie zapałki! – pisnął Cudaczek-Wyśmiewaczek.

A pan Złośnicki od razu poczerwieniał jak burak i z całej siły rzucił kasztanem o ziemię.

– Jakiś ty niecierpliwy! Jak się będziesz złościł, to żadnej zabawki nie zrobisz – zauważyła Danusia.

– No, to nie! – krzyknął Złośnicki.

Machnął ręką i zrzucił kasztany ze stołu na podłogę. Bęc, bęc, bęc – sypały się z hałasem.

– Hi, hi, hi! – chichotał coraz głośniej Cudaczek. – Jeszcze, jeszcze trochę! Hi, hi!

Wyskoczył spod kołnierza i tańczył na ramieniu chłopca, a brzuszek mu pęczniał.

– Głupia zabawa! – krzyknął jeszcze pan Złośnicki i huknął pięścią w stół. Mocno huknął, a stół, jak to stół, był twardy i ręka go porządnie zabolała.

Wtedy pan Złośnicki zaczął ryczeć i machać tą ręką, i tłuc siedzeniem o krzesło. Danusia zlękła się i uciekła.

A Cudaczek?

Cudaczek położył się na kołnierzu i fikał cieniuchnymi nóżkami, i piał z radości, bo już nie miał siły śmiać się zwyczajnie.

Wiedział już teraz, że dobrze trafił. U Złośnickiego będzie mu jak w raju!

DOBRE DNI U ZŁOŚNICKIEGO

Mieszkał Cudaczek-Wyśmiewaczek u Złośnickiego przez tydzień. Dobrze mu się działo. Brzuszek miał zawsze pękaty jak to ziarnko grochu.

Mieszkał przez drugi tydzień i trzeci. Nigdy nie był głodny.

Pan Złośnicki o byle głupstwo czerwienił się jak burak i wyprawiał takie przedstawienia, że trudno opowiedzieć. A już o mycie to była awantura najmniej trzy razy na dzień, bo pan Złośnicki nie lubił się myć. Zdaje mi się, że szkoda mu było na to czasu.

– Czy woda ciebie kąsa? – żartowała z niego Danusia.

– Nie, ale on jest z cukru i boi się rozpuścić – dokuczał starszy brat Tadek.

Pan Złośnicki złościł się jeszcze więcej o te żarty, aż nogami tupał albo plecami o ścianę tłukł. Ścianie to wcale nie przeszkadzało, a Cudaczek miał uciechę, że aż ha!

Kiedyś mało nie pękł ze śmiechu przez to mycie.

Był wtedy pogodny dzień jesienny i dzieci bawiły się w ogródku za domem. Budowały tunel koło starej akacji. A tu okno się otwiera i mama woła:

– Dzieci, obiad! Ręce myć!

Żal było odejść od zabawy i Złośnicki od razu się naburmuszył. Danusia pobiegła przodem, a on wlókł się za nią i mruczał:

– Rano mycie, wieczorem mycie, przed jedzeniem mycie! Nie wiem, po co!

– Okropność! – wzdychał mu nad uchem Cudaczek-Wyśmiewaczek, licho niepoczciwe.

Pan Złośnicki wszedł do umywalni. Z kranu ciekł sobie mały strumyczek wody. To pewnie Danusia ręce myła i nie dokręciła kranu, ona tak zawsze.

Złośnicki podstawił ręce pod ten strumyczek wody, szurnął prawą o lewą, potem wytarł byle jak w ręcznik i poszedł do stołu.

– Myłeś ręce? – pyta mama.

– Myłem – mruczy Złośnicki.

– Ej, pokaż.

Złośnicki wykrzywia się gniewnie, pokazuje ręce i powtarza z uporem:

– Myłem!

– To mają być umyte ręce?! Brud rozmazany wodą! Wstydziłbyś się!

– Myłem! – powtarza Złośnicki jeszcze raz.

– Takie mycie nic nie jest warte. Weź szczotkę i mydło i wyszoruj ręce jak należy – mówi mama.

Złośnicki wypadł z pokoju jak bomba.

– Ciągle się myj i myj! – krzyczy ze złością.

Wpada do umywalni, odkręca kurek z całej siły.

Aj! Aj! Woda chlusta wielką strugą, oczy chłopcu zalewa.

– Aaa! – wrzeszczy Złośnicki i odskakuje od kranu. Ale jest cały mokry. Zalana twarz i ubranie, nawet pończochy i buciki mokrzuteńkie. Z nosa, z czupryny leje się woda ciurkiem.

– Aa! – wrzeszczy Złośnicki wniebogłosy. Tupie nogami, wali pięściami w umywalnię, podskakuje tak zabawnie!

Wszyscy porwali się od stołu i przybiegli. Mama wyciera wrzeszczącego chłopca. Tadek i Danusia pękają ze śmiechu. A Cudaczek?

Cudaczek śmieje się do rozpuku. Śmieje się, parska i dławi się z uciechy. Obu rękami przytrzymuje brzuszek, który pęcznieje w oczach. W końcu daje nura pod kołnierz, bo czuje, że już dłużej nie może.

A zaraz na drugi dzień było nowe przedstawienie.

Pani nauczycielka czytała w szkole dzieciom śliczną baśń o krasnoludkach. Kazała im narysować w domu obrazki do tej baśni. Więc Złośnicki siadł przy stole i zabrał się do rysowania.

Cudaczek był głodny i przeszkadzał mu, jak umiał, ale jakoś nic z tego nie wychodziło. Chłopiec się nawet uśmiechał, bo ten gruby krasnoludek tak mu się dobrze udał!

W tej chwili mama zawołała z kuchni:

– Synku, chodź, dam ci powideł!

Powidła, pyszna rzecz! Pan Złośnicki włożył ołówek za ucho, bo tak robi nieraz tatko w warsztacie. I popędził do kuchni. Dostał powideł i wrócił do rysowania.

Gdzież ten ołówek? Na stole nie ma ani na rysunku, ani obok rysunku. Na podłodze też nie leży. Aha, szuflada odsunięta. Pewno wpadł do szuflady.

Nie, i tam nie ma. Co to jest?

Cudaczek widzi ołówek doskonale. Przecież go chłopiec włożył za własne ucho. I niepoczciwe licho zaciera cienkie ręce z radości. Zaraz będzie awantura...

Oho, już Złośnicki poczerwieniał! Wyciąga ze złością szufladę. Sypią się na podłogę książki: buch! buch!... klap! klap! – spadają zeszyty, trzask! – huknął o ziemię piórnik.

– Hi! Hi! Hi! – cieszy się Cudaczek.

Bo Złośnicki czerwony jest jak rak ugotowany, wykrzywiony jak straszydło. Tupie nogami.

W tej chwili Złośnicki łapie się za głowę i... i znajduje ołówek. Teraz robi się jeszcze czerwieńszy.

– Nie potrzebuję! – krzyczy i ciska ołówkiem o ziemię.

Cudaczek słyszy, jak biedny ołówek pęka w środku.

– Nie potrzebuję! – krzyczy dalej Złośnicki. Gniecie swój śliczny rysunek i też rzuca na ziemię.

Na to wchodzi mama.

– Co tu się dzieje? – pyta zdziwiona.

Złośnicki przytomnieje. Widzi swój rysunek zniszczony i wybucha płaczem.

– Co za głupi chłopak! Jaki śmieszny chłopak! Oj, pęknę ze śmiechu! Co za przedstawienie! – zaśmiewa się Cudaczek-Wyśmiewaczek. – Oj, przestań, bo zachoruję!

Przewraca się na plecy i przytrzymuje brzuszek pękaty jak balonik.

PAN ZŁOŚNICKI SPOJRZAŁ w LUSTRO

Myślał sobie Cudaczek-Wyśmiewaczek, że nigdy a nigdy nie rozstanie się z panem Złośnickim. Bardzo mu dobrze w tej narożnej kamienicy w rynku. I żeby nie ta awantura z rowerem, kto wie, jakby to było.

Awantura z rowerem zaczęła się od tego, że Tadek kupił rower. Zbierał na to pieniądze przez kilka lat. Teraz tatko coś dołożył i kupili rower. Jaki piękny!

Tadek wskoczył na siodełko, bo już umiał jeździć. Nacisnął pedał i dalejże objeżdżać rynek dokoła. Najpierw wolno, a potem coraz prędzej, że tylko pedały migają w górę i w dół. Potem trzymał się tylko jedną ręką kierownicy, a wreszcie zupełnie bez trzymania objechał cały rynek.

Złośnicki stał przy sklepie i patrzył. Nachmurzył się, usta skrzywił.

– Zaraz cię przewiozę! – zawołał starszy brat, mijając go w pędzie.

– Obejdzie się – wykrzywił się Złośnicki.

Odwrócił się i pobiegł do domu.

– Mamo! – woła od progu.

– Co, dziecko?

– Tadek ma rower. Ja też chcę!

– Dobrze, synku! Od dziś zaczniemy składać na rower. Kiedy uskładasz połowę, tatko dołoży resztę i kupimy rower jak Tadzikowi. A tymczasem urośniesz.

– Ja chcę zaraz! Nie będę czekał! Są takie małe rowery. Tadek ma rower, to i ja chcę!

– Pewnie! Alboś ty gorszy? On ma rower, a ty nie! – dogaduje za uchem Cudaczek-Wyśmiewaczek.

Mama tłumaczy spokojnym głosem:

– Zaraz nie możesz mieć. Skądże tatko weźmie pieniędzy na dwa rowery w jednym roku?

– A Tadek ma? To i ja chcę! – krzyczy Złośnicki coraz głośniej.

– Przede wszystkim nie krzycz – upomina mama.

– Chcę rower! Chcę zaraz!!

Mama nie mówi już nic. Wychodzi z pokoju i drzwi zamyka. Pan Złośnicki rzuca się na ziemię, wali nogami w podłogę i krzyczy, krzyczy:

– Ja chceę roweeeer!

– Hu, hu, hu! – zaśmiewa się Cudaczek pod kołnierzem chłopca. – Hu, hu! Jak wesoło!

Niewiele głośniejszy ten śmiech od komarowego brzęku, ale

może dlatego, że tuż za uchem, usłyszał go Złośnicki. Zerwał się na równe nogi.

– Kto tu się śmieje?

Nie zobaczył Cudaczka. Przecież to licho małe jak igła. Ale za to zobaczył siebie w lustrze. Zobaczył okropnie śmieszne, czerwone, zabeczane straszydło.

I przeląkł się. Zakrył twarz rękami i uciekł.

– To tak się wygląda? Ojej!

Za chwilę był w umywalni. Umył twarz i ręce. Zaczesał zwichrzone włosy. Pomyślał, pomyślał i wybiegł przed dom.

– Przewieziesz mnie, Tadzik? – zapytał grzecznie brata.

– Ano, siadaj, bratku, za mną.

Objechali rynek jeszcze trzy razy.

– Dosyć – powiedział Tadek i zatrzymał rower.

– Nie! Jeszcze, jeszcze!

– Dosyć!

– Mało jeździłeś – pisnął Cudaczek za uchem, bo już mu brzuszek ścieniał.

Ale Złośnicki tylko trochę się skrzywił i powiedział:

– Szkoda.

Wieczorem, kiedy mama przyszła do niego na dobranoc, chłopiec objął ją mocno rękami za szyję.

– Mamusiu, ja coś powiem.

– No, co takiego?

– Ja nie będę się złościł.

– Naprawdę? To bardzo mnie cieszy.

– Ale mamusia będzie pomagała? Mamusia mi zawsze powie: „lustro". Dobrze?

– Lustro? No, dobrze. Powiem. A czy to pomoże?

– Pomoże – westchnął Złośnicki, bo sobie przypomniał straszydło, które zobaczył dzisiaj.

Zaczęły się odtąd chude dni dla Cudaczka-Wyśmiewaczka.

Złośnicki wpadał nieraz w złość, ale już takich przedstawień z tupaniem, waleniem w ścianę i krzykiem nie było nigdy. A nawet zwyczajne gniewy zdarzały się coraz rzadziej. Cudaczek śmiał się czasem raz na dzień. Czasem wcale. W brzuszku burczało głośno.

Pewnego deszczowego ranka, kiedy tatko Złośnickiego jechał na stację po towar, Cudaczek-Wyśmiewaczek wymknął się przez dziurkę od klucza, kichnął, bo mu coś kapnęło za kołnierz, i uczepił się wozu. Pojechał w świat szukać lepszej gospody.

CUDACZEK-WYŚMIEWACZEK W MIEŚCIE

Na stacji pełno było ludzi. Każdy z tłumoczkiem, koszykiem albo walizką. Wszyscy patrzyli w jedną stronę.

– O, już jedzie! – zawołał jakiś chłopiec.

Coś dudniło z daleka. Coś buchało czarnym dymem. Coraz bliżej, coraz głośniej. Aż na stację wtoczył się pociąg. Sapał, stukał i stanął, a wtedy wszyscy ludzie ze swoimi tobołami zaczęli się pchać do wagonów.

Cudaczkowi aż się w głowie zakręciło od tego hałasu i ruchu. Sam nie wiedział, dlaczego uczepił się jakiejś spódnicy i razem z tą spódnicą wjechał do wagonu.

Potem ktoś zagwizdał, zastukały koła i pociąg pojechał w dalszą drogę. Powiózł naszego Cudaczka-Wyśmiewaczka naprawdę w daleki świat.

Cudaczek zresztą usnął zaraz ze zmęczenia i obudził się dopiero, kiedy wszyscy z wagonu wysiadali. Nie puszczał ze strachu spódnicy. W jej fałdach schowany wydostał się na peron, potem jakimiś schodami w dół i na górę w okropnym tłoku. Trzymał się spódnicy ze wszystkich sił, bo przecież zadeptaliby go na pewno. Takie licho małe jak igła!

Dopiero kiedy wszyscy wyszli na ulicę, Cudaczek poweselał. Ulica była duża i szeroka. Takiej w miasteczku nad rzeczką nie widział. Pędziły po niej auta. Bokiem po chodniku szli i szli ludzie. Tylu nigdy nie chodziło w miasteczku nad rzeczką. Domy też były takie wysokie, po trzy i cztery, i więcej pięter. Ale nie dudniły, nie sapały jak ten pociąg.

Cudaczek bardzo prędko puścił spódnicę, zeskoczył na chodnik i usiadł sobie na brzegu kosza do śmieci. Stamtąd, jak z balkonu, rozglądał się wokoło.

Przecież w takim dużym mieście na pewno są dzieci, z których można śmiać się do rozpuku.

Właśnie idzie jakaś pani z chłopczykiem. Chłopczyk wygląda grzecznie, ale... Oho, potknął się! Upadł. Uderzył się w kolano. Ale nie mocno. Oo... Co to? Grzeczny chłopczyk otwiera

usta szeroko, strasznie szeroko i krzyczy: „aaa!" A po policz-
kach łzy kapią. Mama coś mówi, a on nic, tylko: „aaa!" i płacze.

– Hi, hi, hi! Pan Beksa! – zaśmiał się Cudaczek. – Ojej, usta
otworzył jak wrota. Do gardła można mu zajrzeć. Kapie łzami
na chodnik! Jaki on śmieszny!

Zeskoczył Cudaczek z kosza do śmieci i prędko wdrapał się
na palto pana Beksy.

Już mu nie burczało w brzuszku.

– Przestań – mówiła ta pani. – Jakże pójdziesz na imieniny
do cioci taki zapłakany!

– Boli! Płacz! – pisnął prędko Cudaczek, wdrapując się na
ramię chłopca.

Ale chłopiec widocznie nie posłyszał, bo przestał płakać
i poszli.

U cioci było już pełno dzieci i zabawa w najlepsze. Mama
rozebrała pana Beksę, ucałowała i rzekła:

– Baw się dobrze, synku. Wieczorem przyjdę po ciebie.

A pan Beksa usta otworzył szeroko, szeroko, jakby chciał
połknąć krokodyla, i w bek.

– Niech ma... ma nie odchooo... dzi!...

Mama tłumaczy, że ma pilną robotę w domu, ale pan Beksa maże się dalej.

– To nie ma rady, tylko oboje musimy iść do domu – mówi
mama. – Ubieraj się.

– Nieee... ja... ja chcę się... ba... wić... Ale mama... niech...
bę... bę... dzie!...

– E, to są grymasy – śmieje się mama.

Jeszcze raz całuje synka i wychodzi. A pan Beksa wisi u klam-
ki i zalewa się łzami.

– Płacz! Płacz! Hi! Hi! Hi! – dogaduje Cudaczek-Wyśmiewaczek i zaśmiewa się w głos z pana Beksy, a brzuszek pęcznieje mu, pęcznieje...

Malutka Terenia patrzy na pana Beksę z paluszkiem w buzi. Nie może zrozumieć, czego ten pan Beksa tak lamentuje. W końcu pyta:

– Twoja mama posła na zawse?

– Niee... Wieczooo... rem wró... wró... ci...

– To po co płaces?

Pan Beksa nie wie, co odpowiedzieć. Robi mu się wstyd i przestaje płakać.

– Idźcie się bawić – mruczy Cudaczek. – Ja się już najadłem po dziurki w nosie.

Wsuwa się pod kołnierz marynarskiego ubranka i zasypia. A jeszcze przez sen gładzi się po pełnym brzuszku.

CAŁA zima u pana BEKSY

Chwalił sobie Cudaczek-Wyśmiewaczek nową gospodę. Pan Beksa płakał o byle co. Jak nie płakał, to beczał. Jak nie beczał, to się mazał. Jak się nie mazał, to się mazgaił. Jak się nie mazgaił, to szlochał. Ojej!

Cudaczek-Wyśmiewaczek parę razy dostał boleści z przejedzenia. Bo ta nieszczęśliwa mina pana Beksy była taka śmieszna! I te łzy, co kap... kap... kapały z oczu i... i z nosa, były takie śmieszne! I te usta otwarte, jakby Beksa chciał połknąć krokodyla, były takie śmieszne!

Uderzył się w łokieć o drzwi albo o krzesło i w bek. Mama wychodziła bez niego, znowu bek. Czapki nie można znaleźć i w bek. Nie, Cudaczek-Wyśmiewaczek nie mógł trafić lepiej. Mieszkał u pana Beksy prawie całą zimę i nigdy nie miał pustego brzuszka.

Jednego dnia zaczęła się muzyka, ledwie pan Beksa oczy otworzył.

– Wstawaj, bo się spóźnimy do szkoły – mówi mama. – Już siódma wybiła.

– Uuu... ja chcę spać.

Potem przy myciu:

– Wodaaa... ziiimnaaaa... Iiiii!...

Potem przy śniadaniu:

– Uu... buu... kożuch w mleku!...

No i do szkoły poszedł z bekiem, bo mama nie pozwoliła iść bez rajtuzów.

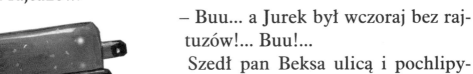

– Buu... a Jurek był wczoraj bez rajtuzów!... Buu!...

Szedł pan Beksa ulicą i pochlipywał o te rajtuzy. A Cudaczek zaśmiewał się a zaśmiewał. Wtedy pan Beksa zobaczył, że chłopcy przed szkołą lepią bałwana. Zapomniał o rajtuzach i pobiegł pędem.

Nagle pac! Coś trafiło go w ramię. Piguła.

Nie zabolało go. Taka tam mała piguła! Ale trochę śniegu nasypało się za kołnierz. Pan Beksa poczuł niemiłe zimno na szyi i... w bek.

Stał i płakał, póki go nie zabrała starsza dziewczynka do szatni. Tam zdjęła mu płaszcz, otrząsnęła ze śniegu i chciała mu wytrzeć szyję. Ale szyja już sama wyschła.

Dziewczynka wzruszyła ramionami i odeszła. A pan Beksa otarł zabeczaną twarz i też poszedł do klasy.

Ledwie usiadł, ledwo pani weszła, nowe nieszczęście. Władek, który siedział w pierwszej ławce, odwrócił się do Beksy. Zwinął lewą rękę w trąbkę i podstawił pod oko. A prawą zbierał niby łzy z oczu i wpuszczał do tego niby garnuszka.

Cudaczek-Wyśmiewaczek trzyma się za pękaty brzuszek i tańczy na kołnierzu pana Beksy, że tylko mu się trzęsie głowa jak cebula. A pan Beksa spojrzał na kolegę i w bek!

– Czego płaczesz? – pyta pani nauczycielka.

– Bo mnie... prze... ee... drze... źnia...

Zaczęła go pani nauczycielka zawstydzać, że taki duży uczeń i o byle co płacze. Więc pan Beksa chciał przestać, ale zobaczył, że jego chustka cała już mokra i nie ma czym obetrzeć zapłakanych oczu ani nosa.

– Uuuu... – zaczął rozpaczać na nowo.

Cudaczek-Wyśmiewaczek przechylił się, spojrzał i... zrobiło mu się nagle niedobrze. Panu Beksie kapało z oczu i z czerwonego nosa, i z otwartych ust. Już nie był śmieszny. Był obrzydliwy.

Cudaczek-Wyśmiewaczek złapał się za brzuszek, złapał się za gardło i na łeb, na szyję zeskoczył na podłogę. W paru susach był przy drzwiach i wyskoczył dziurką od klucza.

Niedobrze! Mdli! Oj, jak okropnie mdli. A za drzwiami słychać jeszcze chlipanie tego beksy. Uciekać! Uciekać, gdzie pieprz rośnie!

Przez długi korytarz pędził Cudaczek-Wyśmiewaczek. Z całej siły przytrzymywał pękaty brzuszek. Wpadł na schody. W dół po schodach! Galopem!

Opamiętał się dopiero na ulicy, kichnął, splunął, odetchnął i powiedział:

– Mam go dosyć! Nie wrócę za nic! Pfuj, jak mnie wciąż mdli!

Zobaczył naprzeciwko aptekę i poszedł powąchać jakich kropli trzeźwiących.

TO JEST PAN BYLE JAK

Trzy dni mdliło biednego Cudaczka. Trzy dni przesiedział na półce w aptece koło butli z amoniakiem. Ile razy ktoś przyszedł do apteki po amoniak, aptekarz albo jego pomocnica, panna Irena, otwierali butlę, żeby trochę ulać do flaszeczki. Za każdym razem ostry zapach, od którego aż w nosie kręci, uderzał w nos Wyśmiewaczka. Wyśmiewaczek kichał i robiło mu się trochę lepiej. Kichał tak potężnie, aż panna Irena usłyszała i zapytała:

– Co pan tak cienko kicha, panie aptekarzu?

– Ja? – zdziwił się aptekarz. – Coś się pani przywidziało.

– Mnie się nigdy nic nie przywiduje – odpowiedziała panna Irena.

I zrobiła obrażoną minę, zupełnie jak ta panna Obrażalska z małego miasteczka. Na chwilę tylko, ale zrobiła. Cóż, kiedy Cudaczek nie mógł się roześmiać, tak mu było niedobrze.

Po trzech dniach poczuł się lepiej. Zlazł z półki w aptece

i wyszedł na ulicę. Wyszedł i... zobaczył pana Beksę! Beksa oczywiście beczał. Stał nad rynsztokiem i zalewał się łzami, bo jakieś auto ochlapało go błotem. Całą buzię miał w kropki i łzy mieszały mu się z błotem i ciekły czarnymi strużkami. A Cudaczek nie mógł się roześmiać. Na sam widok pana Beksy zrobiło mu się znowu niedobrze. Zawrócił do apteki i wielkimi susami uciekał w stronę butli z amoniakiem.

– A to mam szczęście! – lamentował. – Nie mogę się odczepić od tego obrzydliwego mazgaja! Akurat musiał mi stanąć na drodze!

I dalej siedział za butlą. Brzuszek miał zupełnie pusty i zły był okropnie.

Pod wieczór ktoś wpadł jak bomba do apteki. Pan aptekarz ucierał właśnie jakąś maść w miseczce, więc zawołał pannę Irenę.

– Niech no pani pozwoli. Pewno coś pilnego, bo kawaler palto ma krzywo zapięte.

Cudaczek wychylił główkę zza butli. Zobaczył chłopca może dziewięcioletniego. Palto miał rzeczywiście krzywo zapięte. Pierwszy guzik na drugą dziurkę. Drugi guzik na trzecią. Mało tego. Bystre oczki Wyśmiewaczka zauważyły, że chłopiec miał cały czubek ucha uwalany atramentem.

To zaciekawiło Cudaczka. Zsunął się z półki i podszedł do chłopca. Oho! Jeden but bez języka i zasznurowany tylko do połowy. Dalej zabrakło sznurowadła.

– Hu, hu! – ucieszył się Cudaczek i poczuł, że mu brzuszek troszeczkę napęczniał.

Nie namyślał się dłużej, ale prędko uczepił się drugiego sznurowadła, które prawie wlokło się po ziemi, i razem z chłopcem wyjechał z apteki.

– Kawalerze, zapnij porządnie palto – wołał pan aptekarz za nimi.

Ale chłopiec ręką machnął.

– Nie warto! Zaraz będę w domu!

Rzeczywiście dom był blisko. Cudaczek ledwo zdążył wdrapać się na najwyższy guzik. Nie mógł jechać na sznurowadle, bo jego nowy przyjaciel nie omijał kałuż. Jak nie chlapnął w kałużę całą nogą, to bodaj obcasem i Cudaczek był już cały w czarne kropki jak niedawno pan Beksa.

Chłopiec wszedł do kuchni i ucieszył się:

– O, placki kartoflane!

Położył buteleczkę na stole, wpatrzony w tarkę, na której mama zgrabnie tarła kartofle. Położył byle jak na brzeżku stołu. A buteleczka od razu bęc! na podłogę.

– Hu! Hu! Hu! – zachichotał Cudaczek, bo usłyszał trzask rozbitego szkła.

Zerknął na podłogę, a tam plama z jodyny.

Mama zostawiła placki i zabrała się do ratowania podłogi.

– Że też zawsze wszystko robisz byle jak! – gniewała się, zmywając plamę z podłogi.

– To ja winien? Butelka sama się poturlała.

– Trzeba było ją postawić, a nie kłaść! I to jeszcze na samym brzeżku! A jak ty wyglądasz! Palto krzywo zapięte! But nie zasznurowany!

– Bo mi się sznurowadło urwało...

– Dlaczego nie przyniosłeś palta do zeszycia? A sznurowadła nie związałeś tymczasem?

– A bo... a bo... położyłem na krześle i gdzieś się zapodziało.

Mama tylko westchnęła:

– Z tobą tak zawsze.

Cudaczek śmiał się w głos. Brzuszek mu pęczniał w oczach.

– To jest pan Byle Jak! To jest pan Byle Jak! – cieszyło się licho niepoczciwe. – U niego nie będę głodny.

I Cudaczek ułożył się wygodnie za kołnierzem chłopca.

DUŻO ŚMIECHU i NIESPODZIANA WIZYTA

Było dużo śmiechu u pana Byle Jak. Brzuszek Cudaczka- -Wyśmiewaczka był zawsze okrąglutki i pełen. Zawsze był pękaty ze śmiechu jak to ziarnko grochu.

Tylko do szkoły Cudaczek nie chodził z chłopcem. Bał się, że pan Byle Jak chodzi do tej samej szkoły co Beksa. A spotkać się z Beksą... Nie! Za nic!

Za to czekał zawsze koło progu na powrót swego przyjaciela.

Ledwo pan Byle Jak ukazał się w drzwiach, już Cudaczek turla się ze śmiechu po chodniku.

Rano mama wyprawiła go uczesanego, czystego, porządnie ubranego. A teraz... na brodzie atrament, na nosie czarna plama, zdaje się, że to smar. Pewno pan Byle Jak przyglądał się po drodze naprawie auta i wścibił nos za blisko. Czapka na jednym uchu. Kołnierz od fartucha pod fartuchem, a kołnierzyk od koszuli sterczy jednym rogiem nad fartuchem. Nawet koszula z jednego boku wyciągnięta.

– Hi, hi! Taki wielki chłop! Jak on wygląda! Uhu-hu! – ryczy uradowany Cudaczek.

A po obiedzie zaczyna się odrabianie lekcji.

Teraz Cudaczek za nic nie odejdzie od chłopca. Siedzi mu na czubku ucha i wyciąga szyję, żeby lepiej widzieć, co się w zeszytach wyrabia.

– Mamusiu! Zadanie mi nie wychodzi!

Przychodzi mama. Ogląda zeszyt. Sprawdza w książce. Ma się rozumieć! Zero tak napisane, że wygląda jak sześć. Albo siódemka jak jedynka. I zadanie źle wypadło.

Potem pan Byle Jak pisze ćwiczenie. Pisze i co chwila zerka w okno. Co też tam na podwórzu się dzieje?

A Wyśmiewaczek wyciąga szyję, krzywi się, marszczy, bo nie może przeczytać. Nic dziwnego. Tu i nie ma kropki, tam dwa wyrazy wpadły na siebie, że wyglądają jak jeden. A już ogonka przy ą i ę nie ma nigdy. Ani przecinków nad ń albo ś.

Gdzie ma być: „rąk”, napisane: „rak”. Zamiast „Harcerze podnieśli nosze”, napisane: „Harcerze podnieśli nos”. Resztę pan Byle Jak zjadł.

– Uhu-hu! – piszczy Cudaczek. – Kto zgubił nos? Czyj to nos? Uhu-hu!

Tymczasem pan Byle Jak zamyka zeszyt do polskiego. Jest bardzo zadowolony, że już ćwiczenie odrobił.

– Będzie bal jutro w szkole! Hi! Hi! Hi! – zaśmiewa się licho niepoczciwe.

A pan Byle Jak sięga po zeszyt do przyrody. Pani dyktowała im o kocie. Trzeba się tego nauczyć. Ba, ale co to jest? Pan Byle Jak tak nabazgrał, tak pozjadał wyrazy i litery, że nic nie może zrozumieć.

– Kot chodzi cio bomoe pzur fsu poduczki lapk...

– Co to może być?

– Hi! Hi! Hi! To chyba po chińsku! Hi! Hi! Hi! – zaśmiewa się Cudaczek.

Przyszła na ratunek mama. Nic nie rozumie.

Przyszedł na ratunek starszy brat pana Byle Jak, Wojtek, który już do liceum chodzi. Ale i Wojtek nic a nic nie rozumie.

– Taki bazgracz powinien być w pierwszej klasie, a nie w trzeciej – powiada. – Tego sam król Salomon nie odgadnie.

Skończyło się na tym, że pan Byle Jak włożył palto byle jak, wcisnął czapkę byle jak i popędził do kolegi. Przyniósł zeszyt kolegi i z niego przepisał lekcje pod okiem starszego brata.

„Kot chodzi cicho, bo może pazury wsuwać między poduszki łapek".

– Mamo! – woła Wojtek ze śmiechem. – Już wiemy, co to znaczy: „pzur fsu"! Pazury wsuwać!

– Hi! Hi! Hi! – cieszy się Wyśmiewaczek.

I z całej siły przytrzymuje napęczniały brzuszek.

Jakby kto chciał zebrać wszystkie historie pana Byle Jak, to musiałby napisać osobną książkę. Toteż Cudaczek był pewien, że przesiedzi tu kilka lat i nigdy nie zazna głodu.

A tu na Wielkanoc – nieszczęście!

W pierwsze święto mama powiedziała:

– Wiecie chłopcy, przyjdzie dziś ciocia z Włodziem. Włodzio już zdrów po odrze.

– Pysznie! – ucieszył się pan Byle Jak.

Wtem ktoś zadzwonił do drzwi.

– To pewnie Włodzio! – woła pan Byle Jak i pędzi do drzwi. Cudaczek też ciekawie wysuwa główkę jak cebulkę spod kołnierza i... Cudaczkowi robi się słabo. Wchodzą jego znajomi: pan Beksa ze swoją mamą.

– Gwałtu! Ratujcie! – krzyczy Wyśmiewaczek i rzuca się do drzwi.

Ale drzwi już zamknięte. Więc Cudaczek daje ogromnego susa w górę i buch! przez dziurkę od klucza. Tylko mignęły jego cienkie nóżki i już był za drzwiami.

CUDACZEK-WYŚMIEWACZEK U KASI, CO SIĘ GRZEBIENIA BAŁA

Trzy dni wałęsał się Cudaczek, licho niepoczciwe, po mieście. Były święta. Wszyscy chodzili uśmiechnięci. Dzieci biegały czyste i wesołe. Nie miał się do kogo przyczepić.

Głodny był, że strach. Cienkie nóżki nie chciały go już nieść, tak bardzo osłabły.

Czwartego dnia wdrapał się na wóz z ziemią, który jechał właśnie ulicą, a gospodarz wołał:

– Ziemia do kwiatów! Ziemia!

– Niech mnie ten wóz wiezie, gdzie chce. Albo może mnie kto z ziemią zabierze. Już nie mam sił – jęczał Wyśmiewaczek.

I tak jechał na wozie z ziemią, a bystro się rozglądał, czy mu się gdzie gospoda nie szykuje. Przejechał na wozie niejedną ulicę, ale jakoś nic. A w brzuszku burczy! Ojej, jak burczy!

Potem skręcili tym wozem w boczną piaszczystą drogę. Wóz skrzypiał, koń stękał, bo mu było ciężko na piachu, i tak dojechali do wsi. Minęli jedną chałupę z ogródkiem. Minęli drugą chałupę z ogródkiem. A z trzeciej jak coś nie wrzaśnie dziewczyńskim głosem:

– Nie chceeeę!

A nasz Cudaczek-Wyśmiewaczek hyc! z wozu na drogę. I prosto pod okno tej trzeciej chałupy.

Okno było otwarte i coś tam w izbie krzyczało: „nie chceeę!"

Cudaczek wskoczył na okno. Przycupnął za kwitnącą pelargonią i spojrzał:

Nieduża dziewuszka wyrywała się swojej mamie. Zasłaniała się rękami. Wiecie przed czym? Przed grzebieniem! Takim sobie zwykłym grzebieniem.

Krzyczała, płakała, nie dawała się uczesać.

Cudaczek ledwie spojrzał, już prychnął śmiechem, bo dziewuszka wyglądała jak strach na wróble.

– Kasiu, a toćże się opamiętaj – tłumaczyła mama. – Jakże będziesz chodziła z taką strzechą na głowie? Nie wstyd ci to przed ludźmi?

– Niee... nieee!... – krzyczała mała Kasia.

– A to sobie chodź jak czupiradło! – zawołała matka i puściła dziewczynkę.

A ona od razu myk! za drzwi. Ledwo Wyśmiewaczek zdążył uwiesić się jej sukienki.

– Oho – mruczał – zdaje się, żem dobrze trafił. Już mi brzuszek pęcznieje.

Kasia wyszła na podwórko.

– Tiu, tiu! – zawołała na kurczątka.

Ale kurczątka zlękły się widać rozczochranego straszydła i czym prędzej schowały się pod skrzydła kwoki.

Podeszła Kasia do psiej budy, żeby pogłaskać Burka. A Burek ogon pod siebie i do budy się schował.

– Hi! Hi! Hi! – cieszył się Cudaczek. – I pies się boi takiego stracha.

Pochodziła Kasia po podwórku, potem wyszła na drogę i siadła pod płotem. Posiedziała chwilę i oczy zaczęły się jej kleić. Zadrzemała.

Tymczasem na płocie przycupnęła wrona. Młoda, niemądra wrona, bardzo obrażona.

Na kogo? Na swoją mamę wronę. A o co? Bo jej mama kazała w gnieździe posprzątać.

– Nie potrzebuję – powiedziała niemądra wrona. – Poszukam sobie innego gniazda.

Zadarła ogonek i poleciała na płot. A z płotu zobaczyła Kasię. Więc przekrzywiła łebek wroni i dalej się przyglądać, co to za dziwo śpi pod płotem.

– Krra... co to jest?

– Straszydło – pisnął cichutko Cudaczek z fałd Kasinej sukienki.

– Krra... a co ma na głowie?

– Wronie gniazdo! Hi! Hi! Hi!

Wrona aż podskoczyła na płocie.

– Wronie gniazdo? To ja się zaraz sprowadzam.

Przyniosła w dziobie jedną gałązkę i wplątała dziewczynce we włosy. Przyniosła potem drugą i trzecią. W końcu usadowiła się w rozczochranej czuprynie, łeb schowała pod skrzydło i też usnęła.

Kasia nic nie czuła. Po wrzaskach i płaczu mocno jej się spało. Obudziła się dopiero na wołanie matki i wielki głośny śmiech.

– Skąd tu tylu ludzi?

Stoją rodzice. Stoją obaj bracia: Marcin i Adam. I kolega Adama, Stach. I babula Jagula ze swoją kozą. I dwie dziewczynki z sąsiedztwa: Zośka i Małgośka. A wszyscy tak się śmieją, aż im łzy z oczu lecą.

Jak się nie śmiać! Czy widział kto wronie gniazdo na głowie dziewczynki?

Mała wrona też się obudziła. Zlękła się ludzi i śmiechu. Chce odlecieć, ale nóżki zaplątała w rozczochraną czuprynę.

– Krra! – krzyczy i szarpie włosy Kasi.

A Kasia też krzyczy, bo ją boli. Ledwo wreszcie wyplątała ptaka z tych włosów. A potem mama zaczęła wyciągać gałązki, które wrona wplotła.

Bolało, oj bolało! Już nawet nikt się z Kasi nie śmiał, nawet Wyśmiewaczek. Ale on nie śmiał się, bo nie mógł. Bał się, że pęknie.

JAK OSIOŁ CUDACZKA OCALIŁ

Po tej przygodzie spał Cudaczek jak zabity przez dwa dni. Położył się w stodole na sianie, żeby mu nikt nie przeszkadzał, i chrapał aż miło. Kiedy się obudził wreszcie, nie było już śladu po pękatym brzuszku. Jeść się chciało Cudaczkowi.

Skoczył pod okno chałupy i nadstawił wielkich uszu. Cicho? Czyż „strach na wróble" jeszcze nie wstał?

Wdrapał się na okno i zajrzał do środka. Kasia stała przy mamie, a mama ją czesała.

– Krzycz! – pisnął Cudaczek. – Przecież cię targają! Krzycz!

I Kasia zaraz po swojemu osłoniła głowę rękami i w płacz:

– Boli! Matusiu, boli!

A matka na to:

– Już krzyczysz? Już zapomniałaś, jak ci wrona gniazdo uwiła na głowie? Chcesz jeszcze raz?

Nie, tego Kasia nie chciała. Skrzywiła się tylko pociesznie i pozwoliła się uczesać. Mama zaplotła jej dwa warkoczyki i zawiązała różową tasiemką. Nawet Cudaczek zdziwił się, że Kasia tak inaczej wygląda. Wcale nie była podobna do stracha na wróble.

Ale co mu z tego? Z czego się będzie dzisiaj śmiał? A on przecież nie je, nie pije, tylko wyśmiewaniem żyje, licho niepoczciwe.

Pocieszał się, że do jutra Kasia zapomni o swoim gnieździe. Przyszło jutro.

Przyszło pojutrze. Kasia jakoś nie bała się grzebienia i nie wrzeszczała przy czesaniu, tylko czasem skrzywiła się albo zapiszczała, bo niepoczciwy Cudaczek naumyślnie za włosy ją szarpał. Ale matka zaraz przypominała:

– Pamiętasz, Kasiu, wronie gniazdo?

I Kasia przestawała piszczeć.

Cudaczek wciąż jeszcze czekał na odmianę, ale był coraz chudszy. Brzuszek mu się zapadł. Policzki mu pobladły. Jedyny włosek nie chciał sterczeć do góry.

Wreszcie nie wytrzymał.

– Uciekam od tej Kasi, gdzie pieprz rośnie. Niech sobie chodzi ulizana.

I smyrgnął przez okno do sadu, a z sadu na drogę. Ale tu poczuł, że nie ma sił iść. Cienkie nóżki grzęzły w piachu, ledwo je mógł wyciągnąć.

– Chyba tu zamrę pod płotem – jęczało głodne licho. – I kto się będzie z dzieci wyśmiewał? Ach! Ach!

W tej chwili usłyszał skrzyp kół na piasku. Podniósł żwawo głowę jak cebulkę i zobaczył mały wózek z jarzynami. Wózek ciągnął osioł, a za wózkiem szedł chłopak.

Naraz osioł stanął.

– Noo! – zawołał chłopak i cmoknął.

Ale osioł nie ruszył z miejsca. Łeb zwiesił i stał. Próżno chłopak namawiał i za uzdę ciągnął, i wózek popychał. Osioł się widać uparł. Nie i nie.

Cudaczek już ręce zacierał.

– Teraz ten chłopak wpadnie w złość. A ja będę się śmiał! Będę się nareszcie śmiał!

Ale chłopak usiadł sobie spokojnie pod drzewem i zawołał:

– A to sobie stój, uparciuchu!

Więc osioł stał w słońcu. Muchy się zleciały i zaczęły mu dokuczać.

Osioł opędzał się ogonem, potrząsał łbem. Wreszcie zadreptał niecierpliwie i obejrzał się na chłopaka.

– Stój! – krzyknął chłopak.

Jak osioł usłyszał: stój! to od razu ruszył z miejsca.

– Prr! Stój! – krzyczał ogrodniczek i śmiał się w kułak.

Ale osioł ruszył truchcikiem, aż się zakurzyło za nim. Chłopak śmiał się głośno i biegł za wózkiem.

Cudaczek pokładał się ze śmiechu pod płotem. Pusty brzuszek pęczniał mu w oczach. Ale krótko.

– Ee – mruknął – właściwie nie ma się z czego śmiać. Żeby to dziecko było takie uparte, tobym się śmiał! Ojej! Ale osioł? Osioł to osioł, wiadomo.

Poczuł się jednak znacznie silniejszy. Wstał, poskrobał się w główkę jak cebulka i powędrował.

Cudaczek-wyśmiewaczek LATA

Jak powędrował Cudaczek od Kasi, co się grzebienia bała, tak przepadł. Ani go widzieli, ani o nim słyszeli, nawet te wróble wściby, co zaglądają przez szyby, a nawet ten wiatr, co pół świata oblata.

Może zamieszkał u pana Bojalskiego? A może u Fipcia – Brudasa? A może u panny Smoczek, co wciąż palec ssie? A może u panny Nie-chce-mi-się?

Jednego dnia przysiadł sobie wiatr na wysokim drzewie w parku. Zdaje się, że to był kasztanowiec i wiatr chciał zobaczyć, czy są już kasztanki do strącenia. Ale były jeszcze zupełnie malutkie.

Z tego drzewa dojrzał wiatr trzech chłopców znajomych. Szedł Jędruś z trzeciej, szedł Staś z drugiej, szedł i jego kolega Witek, którego w szkole nazywali Chwalipiętą, bo zawsze się chwalił, co to on ma i co on umie. Chłopcy nieśli małe szybowce-zabawki.

– Zobaczycie, że mój najwyżej poleci – dowodził pan Chwalipięta. – Bo to się tak bierze i tak podrzuca. O, ja umiem! Mój stryjek jest lotnikiem.

Sfrunął wiatr z drzewa i bawi się z chłopcami. Podrzuca w górę ich szybowce. Szybowiec Jędrusia przeleciał nad kasztanowcem. Szybowiec Stasia przefrunął nad całym trawnikiem. Tylko szybowiec Witka wciąż spada, bo Witek nie umie rzucać.

Poczerwieniał, tupnął nogą i cisnął szybowiec w krzaki, a sam poszedł do domu.

– To zepsuty szybowiec! – krzyczał.

– Oho – szepnął wiatr – coś mi się zdaje, że tu znajdę Cudaczka-Wyśmiewaczka.

I poleciał za Chwalipiętą. Zajrzał mu za kołnierz i nie znalazł. Zajrzał do kieszeni. I tu nie ma Cudaczka. Dmuchnął Witkowi we włosy, nie ma.

– Co to jest? – zdziwił się wiatr. – Przecież z tego Chwalipięty Cudaczek miałby sto pociech!

Poleciał wiatr w górę gonić obłoki.

Oo? Co to leci za nim? Ptak, nie ptak? Samolot? Taki maciupki?

Tak, to szybowiec Chwalipięty.

A na szybowcu? Co za licho małe jak igła?

Cudaczek-Wyśmiewaczek!

Gruby jest, zadowolony, brzuszek ma spęczniały jak ziarn-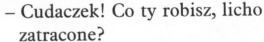ko grochu.

– Cudaczek! Co ty robisz, licho zatracone?

– Jak to co? Oblatuję samolot! Chwalipięta go rzucił, to sobie wziąłem. Znajomy wróbel mnie podciągnął i lecę.

– Po co ci znowu szybowiec?

– Ee, bo zrobiłem się grymaśny. Chcę z czego innego śmiać się rano, a z czego innego wieczorem. Co innego mieć w piątek, co innego w świątek. A samolotem najprędzej przeniosę się z miejsca na miejsce.

Wiatr podrzucił szybowiec z Cudaczkiem wysoko, wysoko, pod chmury, a potem spadł w dół i zaczął koziołkować po drodze i huczeć:

– Uu, hu, huu! Cudaczek-Wyśmiewaczek lata! Na szybowcu lata! Ze wsi do wsi! Od miasta do miasta! Gdzie go nie posiali, tam wyrasta!

Usłyszały to wróble plotkarze i dalej ćwierkać po wszystkich płotach, po wszystkich drzewach:

– Cirr, cirr! Cudaczek-Wyśmiewaczek lata! Od wsi do wsi! Od miasta do miasta! Gdzie go nie posiali, tam wyrasta! Cir!

A Cudaczek leciał wysoko pod chmurami i wcale nie wiedział, jakiego to kłopotu narobi mu wiatr urwis i wróble plotkarze.

Wylądował Cudaczek w jakiejś wsi na lipie.

I od razu zapiszczał z radości, bo na dole na podwórku czubiło się dwóch chłopców. Wydzierali sobie procę i tak z nią tańcowali w tył i naprzód, i w kółeczko, jak te dwa Michały. Jeden był duży i cienki, a drugi mały i gruby, także jak te dwa Michały.

– Dawaj! – krzyczał cienki Michał.

– To mooje! Mamoooo! – darł się gruby Michał.

Poprzewracali się na ziemię, a procy żaden nie puścił.

– Hi! Hi! Hi! – śmiał się Cudaczek na lipie i czuł już, jak mu brzuszek pęcznieje.

A tu za płotem stanął dziad, co po proszonym chodzi, i dalej śmiać się i wołać:

– Chłopaczki! A nie widzieliście Cudaczka-Wyśmiewaczka? Bo mi się widzi, że on tu jest i śmieje się z was, aż mu brzuszek pęka.

A chłopcy obejrzeli się wkoło, powstawali, otrzepali z piasku i poszli każdy w inną stronę.

– Oo, niedobrze – zmartwił się Cudaczek. – Skąd oni dowiedzieli się o mnie?

Poskrobał się w główkę jak cebulka i spojrzał w drugą stronę, na sąsiednie podwórko. Mała dziewczynka siedziała na schodach przed ganeczkiem. Na kolanach trzymała sporą miskę i jadła z niej zacierki. Ale że się patrzyła to na kury, jak grzebią, to na kota, jak się myje, to na studnię, jak z niej wodę ciągną, wcale nie uważała, jak ta łyżka z zacierkami wędruje. Miała zacierki na nosie i na brodzie. Polała sobie cały fartuszek na przodzie.

– Hi, hi! – zaśmiał się Cudaczek-Wyśmiewaczek. – Jak ona ładnie je!

Umocował szybowiec na gałęzi i już miał złazić, kiedy na ganek wyszła babka tej dziewczynki. Popatrzyła na wnusię i ręce załamała.

– Moje dziecko! Ależ to Cudaczek-Wyśmiewaczek wprowadzi się nam do chałupy i będzie się z ciebie śmiał, jak tak będziesz jadła! Kto to słyszał, tak się umazać jak nieboskie stworzenie!

– Oj, babusiu. To ja się zaraz umyję i już nie będę! Boję się Cudaczka! – zawołała dziewczynka. Odstawiła miskę na schodki i poszła się umyć.

– Co się dzieje?! – wrzasnął Cudaczek. – Trzeba stąd odjeżdżać. Wszyscy o mnie wiedzą.

Odjeżdżać. Ba, ale kto podciągnie szybowiec w górę?

Poskrobał się Cudaczek w główkę jak cebulka. I naraz jakiś spory ptaszek usiadł obok niego na lipie.

– Coś za jeden? – zapytał ptaszek i kiwnął wielkim czubem.

– Jestem Cudaczek-Wyśmiewaczek, co się z różnych dudków wyśmiewa – mruknął Cudaczek.

Ptaszek się obraził.

– Ja jestem dudek, najzgrabniejszy, najpiękniejszy ptak. Nie pozwalam ci się ze mnie śmiać!

„Czekaj bratku" – pomyślał Cudaczek.

Ukłonił się dudkowi i powiada:

– Przepraszam cię bardzo, ale ja jestem z miasta i dudka ptaka nigdy nie widziałem. Ale słyszałem, że dudki są głupie, a ty na głupiego nie wyglądasz.

Dudek napuszył się zadowolony i znowu kiwnął czubkiem.

– I słyszałem, że dudki są mocne, a ty mi wyglądasz na słabszego od wróbla.

– Co? Co? – zaperzył się ptak.

– Wróbel pociągnie mój szybowiec pod chmury, a ty na pewno nie potrafisz.

– Ja nie potrafię? Tylko spróbuj! Dwa razy wyżej cię podciągnę od wróbla.

– No, to jazda! – zawołał Cudaczek, który tylko na to czekał.

Siadł na swój szybowiec i złapał dudka za nóżki.

– Jazda!

Dudek machnął skrzydłami i poniósł samolot w górę. Leciał, leciał, a co chwila pytał:

– Już wystarczy?

– Tak i wróbel potrafi! – krzyczał Cudaczek.

Więc dudek machał skrzydłami dalej i leciał coraz wyżej, aż poczuł, że mu się w łebku kręci.

– Puszczaj, bo spadam!

I Cudaczek puścił dudkowe nóżki, bo już był dość wysoko.

Cudaczek-wyśmiewaczek nad MORZEM

Długo leciał Cudaczek na swoim szybowcu. Wiatr południowy niósł go pod chmurami i od czasu do czasu podrzucał przez figle jak piłką. Znudziło się to Cudaczkowi i postanowił lądować. Zaczął zataczać koła coraz niżej i niżej, aż siadł na piasku.

Gdzie był? Przed nim szumiała wielka woda. Końca nie było widać. A jaka zielona! Jaka przystrojona w białe falbanki z piany.

– To jest morze – domyślił się Cudaczek. – No, tu chyba o mnie nie słyszeli.

Spojrzał w bok i zobaczył mnóstwo dzieci w kolorowych majteczkach kąpielowych. Jedne bawiły się w piasku. Inne brodziły w wodzie przy brzegu i coś tam łapały do kolorowych wiaderek.

– To jest plaża – domyślił się Cudaczek i klepnął się po pustym brzuszku.

Tyle dzieci! Tu na pewno coś sobie znajdzie. Spojrzał uważnie i aż podskoczył. Na piasku siedzieli trzej chłopcy w jednakowych żółtych kąpielówkach. Cudaczek ich przecież znał! Mieszkał u nich kiedyś w zimie na ręczniku i zaśmiewał się przy wieczornym myciu.

Co to było! Jeden się wymawiał, że śpiący i woli się rano myć. Drugi tłumaczył babci, że ma czyste ręce i szyję, tylko opalone. A najmłodszy płakał, że mu babcia tą obrzydłą szczoteczką wszystkie zęby powybija.

Cudaczek wywijał kozły na frędzlach ręcznika i tak się śmiał, że naprawdę mogli go usłyszeć. Ale jakoś nie usłyszeli. Za głośno targowali się z babcią o mycie.

Ucieszony Cudaczek dał susa i uczepił się majteczek najstarszego z braci. Chłopcy siedzieli spokojnie i patrzyli, jak się fale gonią.

Wzdyma się jedna i bęc! koziołka w morze. Wypchnęła trzecią, trzecia czwartą i tak aż do brzegu.

I właśnie na spotkanie tej ostatniej fali skoczyli chłopcy i nastawili plecy. Przewróciła się przez nich. Zlała ich aż po włosy. I... ojej! zmyła z majteczek Cudaczka!

– Tonę! – krzyknęło niepoczciwe licho i zachłysnęło się wodą.

Ale nie utonęło. Fala rozciągnęła się na piachu jak długa a Cudaczek razem z nią. Coś przy tym na niego spadło i nakryło go jak daszkiem. Leżało mokre licho na mokrym piasku i bało się poruszyć. A złe było, że strach.

– Kto by się spodziewał! Myć się nie chcieli, a w taką wielką wodę lecą! Czy się tak odmienili? Czy to tylko na lato? W każdym razie nie pożywię się przy nich.

W tej chwili usłyszał chrzęst nóżek na mokrym piasku. A potem głosik:

– Jaka ładna muszelka!

Potem zgrzytnęła tuż obok mała łopatka. Zagarnęła trochę piasku i Cudaczka-Wyśmiewaczka, i jego daszek-muszelkę. Wpadli razem do kolorowego wiaderka.

– Ciekawe, gdzie jestem – mruknął Cudaczek i wyjrzał ostrożnie spod muszelki.

Zobaczył czerwony kostiumik dziewczynki. Zobaczył nad sobą okrągłą buzię z ciemnymi oczkami.

Ale Cudaczek coś wypatrzył na buzi. Małe skrzywienie w kącikach ust. Uśmiechnął się i poklepał po pustym brzuszku.

– Tu się pożywię – szepnął.

I został.

CUDACZEK-WYŚMIEWACZEK U PANNY KRZYWINOSEK

Dobrze się umieścił nasz Cudaczek. Dziewczynka z buzią aniołka była... grymaśna. Na wszystko krzywiła swój mały nosek i Cudaczek, który miał dzięki temu co dzień pełny brzuszek, tak o niej mówił:

– Mój kochany Krzywinosek! Moje kochane Krzywinosiątko!

Bo przy ubieraniu było tak:

– Nie chcę tych skarpetek!

– Dlaczego? – pyta mama, która była bardzo dobra i bardzo cierpliwa.

– Bo tu jest cera i mnie drapie.

– Taka malutka cera? Zosiu! Wczoraj na pończoszkach miałaś większą i nie drapała.

– A ta mnie drapie. Nie chcę! – upiera się panna Krzywinosek i zaczyna śmiesznie wykręcać nosem.

Zupełnie jakby jej muszka chodziła pod nosem i łaskotała łapkami. Strasznie te miny cieszą Cudaczka-Wyśmiewaczka.

Zaśmiewa się w głos i namawia dziewczynkę do coraz nowych grymasów.

– Chyba wrócimy do domu, bo co dzień jesteś grymaśniejsza – mówi mama. – Wstyd mi robisz na cały pensjonat.

A Krzywinosek swoje:

– Nie chcę tej sukienki! Chcę niebieską.

– Niebieska brudna – tłumaczy cierpliwie mama.

– To chcę tamtą w kwiatki.

– Tamta za lekka. Dziś bardzo chłodny wiatr.

Nosek lata na wszystkie strony. Buzia wykrzywia się jeszcze lepiej. Cudaczek podskakuje z uciechy i czuje, jak mu pęcznieje, pęcznieje brzuszek.

A grymasom nie ma końca. Tu guziczek się rusza. Tam rękawek za ciasny. To nie chce panna Krzywinosek sandałków, tylko buciki. Dobra i cierpliwa mama traci wreszcie cierpliwość i daje córeczce klapsa. Panna Krzywinosek najpierw płacze, potem przeprasza, a za godzinę daje nowe przedstawienie.

Przy obiedzie na sali jest znowu tak:

– Mamo, słońce mi świeci w talerz.

– A cóż ci to szkodzi?

– Bo odbija się od talerza i razi mnie... I jak dadzą lody, to mi roztopi.

– Dziś nie będzie lodów.

– Mamo – krzywi się nosek. – Ja tu nie mogę.

Więc mama wstaje i przesiada się na miejsce dziewczynki, a ją sadza na swoim. Cudaczek korzysta z tej chwili i myk z ramienia dziewczynki na stół. Chowa się w bukiecie. Stąd lepiej widać miny Krzywinoska.

Tymczasem Andzia i Michalinka roznoszą zupę.

– Jaka zupa? – pyta dziewczynka i krzywi się na zapas.

– Szczawiowa. Ale dla Zosi przecedziłam – odpowiada Michalinka. I stawia talerz.

Nosek wykręcił się na prawo, skrzywił się w lewo, ale ręka bierze łyżkę i zanurza w zupie.

Jeden łyk, drugi i panna Krzywinosek pochyla się do mamy.

– Tu dwa listki pływają – szepce. – Nie mogę jeść.

Dobra i cierpliwa mama wyławia dwa kawałątka zielone i odkłada na brzeg talerza. Cudaczek-Wyśmiewaczek chichoce w bukiecie.

– Nie będę jadła tej zupy – mówi dziewczynka. – Nie lubię takiej zielonej.

I odsuwa talerz. Odsuwa trochę za mocno.

Chlup! Zielona struga wyskakuje nad talerz i rozlewa się po obrusie. Talerz trąca wazonik z kwiatami. Wazonik się przewraca. Cudaczek wylatuje jak z procy i nabija sobie guza o kant stołu.

Aj! Wszyscy zrywają się od stołu. Andzia biegnie po ścierkę. Michalinka łapie wazonik.

Panna Krzywinosek stoi wystraszona, zalana wodą i zupą, wykrzywiona do płaczu. Mama bierze ją za rękę i wyprowadza do pokoju, gdzie mieszkają. Zdejmuje mokrą sukienkę i kładzie do miednicy. Potem wychodzi i mówi:

– Drugie danie tu ci przyniosą.

– Nie zgadzaj się! – krzyczy Cudaczek prosto w ucho dziewczynki.

I panna Krzywinosek podnosi wielki krzyk:

– Ja nie chcę!

Ale mama już wyszła i zamknęła drzwi. Zamknęła i ani myśli wrócić. Panna Krzywinosek wpada w złość. Rzuca się na ziemię i wali nogami, zupełnie jak ten Złośnicki z miasteczka nad rzeczką. A niepoczciwy Cudaczek zaśmiewa się z radości i jeszcze dyryguje:

– Mocniej! Głośniej!

No, a co było dalej, to wcale nieciekawe...

PO CO TA PANNA ADA?

Któregoś dnia przyjechała do pensjonatu nowa pani, młoda i wesoła panna Ada. I nie wiadomo po co usiadła przy pannie Krzywinosek. Jak zaczęła opowiadać różności przy obiedzie, to panna Krzywinosek zapomniała o grymasach i zjadła cały talerz zupy cebulowej.

To niesłychane! Nigdy tej zupy tknąć nie chciała. A potem zjadła wszystką marchewkę, bez namawiania.

Cudaczek trząsł się ze złości. Wszyscy przy obiedzie się najedli, a on się nie śmiał i był głodny.

Po obiedzie panna Ada zaczęła namawiać mamę Krzywinoska na spacer. Jakże się Cudaczek ucieszył, kiedy mama odpowiedziała, że nie pójdzie, bo jest bardzo zmęczona.

– Tak, czytam to w pani oczach – powiedziała panna Ada. – Ale może pani pozwoli Zosi iść ze mną? Pani tymczasem prześpi się trochę.

– Nie idź! – wrzasnął Cudaczek. – Zmęczysz się! Piętę obetrzesz sandałem! Nie idź!

Ale panna Krzywinosek widać nie dosłyszała, bo sama zaczęła prosić mamę, żeby ją puściła.

I poszła z wesołą panną Adą, a Cudaczek poszedł z nimi, schowany w kieszonce.

Szli dość długo brzegiem morza, a potem usiedli pod krzywą sosną i wtedy dziewczynka spytała ni z tego, ni z owego:

– Jak pani przeczytała w mamusi oczach, że śpiąca? Bo ja patrzyłam i żadnej litery nie widziałam.

Panna Ada roześmiała się.

– To się tylko tak mówi: „czytam". Widać było po prostu, że oczy zmęczone i senne. Z twarzy człowieka dużo można „wyczytać". Czasem nawet można wyczytać, jaki on jest.

– Naprawdę? A ja? Czy pani przeczyta, jaka ja jestem?

– No, ty mi wyglądasz na małego grymaśnika.

Panna Krzywinosek poczerwieniała.

– Kto pani powiedział? – szepnęła.

– Nikt mi nie powiedział. Ale widzisz, kto się często marszczy, temu robią się zmarszczki na czole. Kto się często krzywi, temu robią się takie kreseczki koło nosa i ust. Ty masz takie kreseczki, a za parę lat na drugiej stronie ulicy każdy pozna, żeś grymaśnicka.

– Ja nie chcę – rozpłakała się dziewczynka.

– Nie płacz, bo na to jest rada. Przestań się krzywić, póki czas, a kreseczki znikną.

Panna Krzywinosek roześmiała się i uściskała pannę Adę.

– Przestanę – powiedziała.

Cudaczek-Wyśmiewaczek wyskoczył z kieszeni na piasek. Wiedział, że nie ma co dłużej tu robić. Skończyły się piękne minki Krzywinoska. Trzeba szukać nowej gospody, póki jeszcze brzuszek pełen.

Spojrzał gniewnie na pannę Adę, wykrzywił się brzydko Krzywinoskowi i poszedł.

OSTATNIA PRZYGODA Cudaczka-wyśmiewaczka

Z plaży skręcił Cudaczek na ścieżkę. Ze ścieżki wyszedł na szosę.

Motocykl pędzi po szosie!

Cudaczek odbił się jak balon od ziemi tak zręcznie, że spadł prosto na siodełko za plecami motocyklisty. Złapał się poły skórzanej kurtki i zamknął oczy.

Tra-tra-tra!... – pędzi motocykl szosą. Po jednej stronie pagórki piaszczyste. Po drugiej woda w jeziorze pluska i mieni się srebrno i niebiesko. Ale co to obchodzi Cudaczka-Wyśmiewaczka, licho niepoczciwe, co nie je, nie pije, tylko wyśmiewaniem żyje!

Tra-tra-pata-tras! – skręcił motocykl w leśną drogę. Podskoczył na jednym korzeniu, na drugim. Wyrzuciło Cudaczka z siodełka.

Majtnął trzy kozły w powietrzu i upadł na mech. Dobrze choć, że na mech, bo miękko.

Wstał. Obmacał boki. Całe. Obmacał główkę jak cebulka. Cała. Nawet ten jedyny włosek się nie złamał. Poskrobał się Cudaczek po głowie i ruszył przed siebie piechotą.

Nagle stanął. Co to za śmieszny dołek w piasku? Wygląda jak lejek. A brzegiem dołka idzie mrówka i coś dźwiga. Przecież tu nie widać wejścia do mrowiska!

Oj, co to? Z dna lejka wyskakuje trochę piasku. Zupełnie jakby kto dmuchnął spod ziemi. Jedno ziarenko piasku trafiło mrówkę w głowę. Ziarenko piasku malutkie, ale i głowa mrówki nie większa. Dla niej to tyle, co duży kamień. Upadła i potoczyła się na dno lejka.

A wtedy... Wtedy z dna lejka wysunęły się dwa kleszczyki. Złapały mrówkę i wciągnęły w piasek.

– Hi, hi! – zaśmiał się Cudaczek. – Tam w dołku siedzi jakiś stwór i poluje na mrówki. Muszę go zobaczyć.

Położył się na brzegu lejka i czekał. Nie mógł się doczekać żadnej mrówki. Z nudów wziął jakąś gałązkę i zaczął nią rysować na brzegu dołka.

A tu pac! pac! poleciały z dna lejka nowe ziarenka piasku.

– Strzelaj, bracie, strzelaj! – śmiał się Cudaczek. – Ty sam w piachu nic nie widzisz i myślisz, że to mrówka łazi. Figę upolujesz, bo to ja, Cudaczek-Wyśmiewaczek!

I dalej suwał leciutko igłą po piasku.

Pac! pac! bombarduje ukryty nieprzyjaciel. Wyskoczyły nawet dwa kleszczyki. Wyskoczyła jakaś mała główka, ot, jak łebek muchy, i schowała się zaraz.

Cudaczek zaśmiał się, że tak zwodzi nieznanego stworka. Brzuszek mu tak napęczniał, że nie mógł na nim leżeć. Więc odwrócił się na plecy i zasnął.

Obudziły go jakieś cieniutkie głosy. Usiadł na mchu i ogromnie się zdziwił. Przed nim stał długi, długi szereg mrówek. Pierwsza kiwnęła mu nisko różkami i tak przemówiła:

– O, wspaniały, o, mądry! O, dobrotliwy nasz panie! Dzięki ci!

– Dzięki ci! – wtórowały mrówki chórem.

– Czego chcecie ode mnie? – przestraszył się Cudaczek.

– Posłuchaj, dobry panie! Żyliśmy w ciągłym strachu. Potwór schowany w piasku, straszna larwa mrówkolwa, urządził pułapkę pod naszym miastem. Co dnia ginęły w niej nasze pracowite robotnice.

– Ooo! – zapłakał chór mrówek.

– Tyś go zwyciężył, wspaniały, dobry panie! Pułapka jest pusta. Potwór wyprowadził się. Dziękujemy ci! Mów, czego żądasz, a wszystko damy.

– Dajcie mi spokój! – wrzasnął Cudaczek i zerwał się na równe nogi. Był przerażony. Nikt nigdy nie nazywał go dobrym. Nigdy mu za nic nie podziękowano. On, Cudaczek-Wyśmiewaczek, licho niepoczciwe, żył z tego, że z innych się wyśmiewał.

– Dajcie mi spokój! – krzyknął jeszcze raz i zaczął uciekać przed siebie.

A wtedy stało się coś dziwnego.

W piersi Cudaczka-Wyśmiewaczka coś zastukało. Puk, puk! To było przyjemne. Kto wie, czy nie przyjemniejsze niż pęcznienie brzuszka ze śmiechu. To „coś" nigdy nie stukało w piersi Wyśmiewaczka.

Usiadł na szyszce i wsłuchał się. Puk, puk! pukało dalej.

– Aha – domyślił się wreszcie. – To pewno serce. Wcale nie wiedziałem, że mam serce. I... i wcale mi się nie chce wyśmiewać. Co teraz będzie?

Podparł cienkimi rączkami główkę jak cebulka i zadumał się.

Siedział tak i dumał, aż posłyszał za sobą szuranie chodaków. Obejrzał się. Lasem szła stara kobiecina i zbierała szyszki w szeroki fartuch. Od czasu do czasu stęknęła przy schylaniu, widać ją to męczyło.

Cudaczek, sam nie wiedział dlaczego, zeskoczył ze swojej szyszki i tak ją pchnął, że potoczyła się prawie pod chodaki staruszki. A za nią wnet druga i trzecia, i czwarta.

Kobiecina przystanęła, stęknęła i schyliła się po szyszki.

– Poczciwe szyszeczki – zagadała. – Ułożyły się we cztery, żeby stara babcia nie potrzebowała schylać się tyle razy.

Cudaczek śmiał się w kułak. A to figla spłatał!

I znowu zapukało mu w piersi: puk, puk! To naprawdę było przyjemne. Naprawdę przyjemniejsze od pęcznienia brzuszka.

Pobiegł za staruszką i znów pchnął jej kilka szyszek. I znów kilka. Nie było to wcale łatwe popychać szyszki takie duże, jak on sam. Wyśmiewaczek spocił się przy tej robocie i mokrą łysinę obcierał. Ale bawił się doskonale, bo staruszka wciąż się dziwiła:

– Co to za dzień taki, że mi szyszki same pod nogi lecą?

Tymczasem na ścieżce leśnej znów zatupały kroki, lekkie i szybkie. Ukazała się dziewuszka w niebieskiej chusteczce na jasnych włosach. Szła patrząc w ziemię i wydawała się bardzo zasmucona.

Pozdrowiła grzecznie staruszkę. Widocznie się znały.

– A co ci to, moje dziecko, żeś taka smutna? – spytała staruszka.

– Oj, bo mam zmartwienie. Niosłam dziś mleko letnikom. Tędy szłam. I zgubiłam pierścioneczek.

– Jaki znów pierścioneczek?

– Oj, babciu, taki śliczny, z czerwonym oczkiem! Gospodyni mi wczoraj przyniosła z odpustu. Powiedziała: „Masz, sieroto, uraduj się i ty". Tak się cieszyłam! Tak się cieszyłam! I zginął.

Dwie łzy potoczyły się po twarzy dziewuszki.

– Nie płacz, dziecko. Może się znajdzie. Tędy mało kto chodzi. Masz młode oczy, poszukaj uważnie.

Rozeszły się. Staruszka podreptała ku wsi ze swoimi szyszkami, a dziewczynka poszła głębiej w las, uważnie patrząc na ziemię.

Nie wiedziała, że przed nią pędzi Wyśmiewaczek, że bystrymi oczkami wszędzie spoziera, za każdą szyszkę, za każdy grzybek zagląda.

I naraz...

Jest!

Na brzegu ścieżki, na pół schowany w piasku, błyska czerwonym oczkiem.

Skoczył Wyśmiewaczek do pierścionka. Ale nie zdążył. Coś dużego, biało-czarnego sfrunęło z gałęzi i porwało pierścionek w łakomy dziób. Sprzed samego nosa Cudaczkowi.

Spojrzał rozgniewany w górę. No, tak! Sroka. Siadła na sośnie i trzyma pierścionek w dziobie. Sroki łapią wszystko, co błyszczy.

Nie ma co się namyślać! Cudaczek co tchu pobiegł do sosny, wdrapał się jak wiewiórka i hop! na grzbiet sroki. W samą porę skoczył, bo w tejże chwili załopotały skrzydła i sroka pofrunęła.

– Czekaj, ty! – odgrażał się Cudaczek, trzymając się jakiegoś piórka. – Niesiesz błyskotkę do schowka, znam ja cię! Ale nie jestem Cudaczkiem-Wyśmiewaczkiem, jeśli ci zaraz tego nie odbiorę.

Sroka przefrunęła na czwartą czy piątą sosnę i usiadła przy niedużej dziupli. Pokręciła łebkiem, jakby się przyglądała pierścionkowi. Potem wrzuciła go do dziupli i odleciała.

Oho! A Cudaczek już leży brzuszkiem na brzegu dziupli. Już zagląda do sroczych skarbów.

Czego tam nie ma! Złamana łyżeczka. Szkiełko. Błyszczące ucho od filiżanki. Mały pieniążek. Sznurek paciorków. Haczyk od okna. I na wierzchu pierścionek odpustowy z czerwonym oczkiem.

Cudaczek go wyciągnął, włożył sobie na szyję, żeby go nie zgubić, i z wysokości zaczął wypatrywać dziewczynki. Siedziała nie opodal na pieńku i płakała rzewnie.

Ostrożnie zsunął się Cudaczek z sosny. Cichutko podkradł się do dziewczynki i rzucił jej pierścionek na sukienkę.

– Oo! – krzyknęła dziewczynka.

Chwyciła pierścionek i zaczęła śmiać się i skakać, choć ostatnie łzy wisiały jeszcze na rzęsach. Była taka uradowana, że nie zdziwiła się nawet, jakim sposobem zguba spadła jej nagle na kolana.

Po chwili w podskokach pędziła do wsi.

Cudaczek stał na ścieżce i patrzył za nią uśmiechnięty od

ucha do ucha. Puk-puk, puk-puk! – stukało mu w piersi ser-
duszko. I naraz powiedział:

– Już wiem, co zrobię. Śmiać się muszę, bo ja przecież nie
jem i nie piję, tylko śmiechem żyję. Ale nie chcę wyśmiewać się
z dzieci. Będę je rozśmieszał, kiedy są smutne. Będę Cudacz-
kiem-Śmiejaczkiem.

I taka była ostatnia przygoda Cudaczka-Wyśmiewaczka, którego ja znałam. Jeśli chodzi po świecie jaki Wyśmiewaczek, to
w każdym razie nie ten.

Spis treści

Lektury dla klasy I

Bajki
J. de La Fontaine

Brzechwa dzieciom
J. Brzechwa

Brzechwa dzieciom
J. Brzechwa

Co słonko widziało
M. Konopnicka

Cudaczek-
-Wyśmiewaczek
J. Duszyńska

Cudaczek-
-Wyśmiewaczek
J. Duszyńska

Dla dzieci
W. Broniewski

Gdy miasto śpi
T. Kubiak

Kopciuszek
H. Januszewska

Kukuryku
na ręczniku
M. Kownacka

Lokomotywa
J. Tuwim

Na jagody
M. Konopnicka

Najmilsi
E. Szelburg-Zarembina

Najpiękniejsze
wiersze
D. Wawiłow

Pierwsze czytanki.
Lektury dla klasy I

Pierwsze czytanki.
Zeszyt ćwiczeń

Pilot i ja
A. Bahdaj

Plastusiowy
pamiętnik
M. Kownacka

Plastusiowy
pamiętnik
M. Kownacka

Przygody
Plastusia
M. Kownacka

Psotki i Śmieszki
J. Porazińska

Szaraczek
M. Buczkówna

Wiersze
dla dzieci
J. Tuwim

Wiersze dla dzieci
J. Tuwim

Drogi Czytelniku!
Zapraszamy Cię do zamawiania książek
w księgarni internetowej: **www.siedmiorog.com**
Nasze książki można również zamawiać korespondencyjnie.
Napisz do nas, a bezpłatnie otrzymasz aktualny katalog i cennik naszych publikacji.
Siedmioróg jest największą w Polsce księgarnią wysyłkową książek dziecięcych i młodzieżowych.

Wydawnictwo Siedmioróg
ul. Krakowska 90, 50-427 Wrocław
Księgarnia wysyłkowa Wydawnictwa Siedmioróg